ブドウめいろだよ！
だれが、早《はや》くゴールのワインに行《い》けるか、きょうそうしよう。
ゴール

キツネのかぎや・10

悪《あく》魔《ま》の赤《あか》ワイン

三田村信行・作●夏目尚吾・絵

あかね書房

もくじ

登場人物《とうじょうじんぶつ》

★キツネのかぎや

かぎは、なんでもあける自信《じしん》をもっているこのシリーズの主人公《しゅじんこう》。友人《ゆうじん》のヒョウの警部《けいぶ》のために悪魔島《あくまとう》に行《い》くが……。

●ヒョウの警部《けいぶ》

みどり警察署《けいさつしょ》の警部《けいぶ》。キツネのかぎやとは、『だるまさんのおへそ』事件《じけん》のあとから友情《ゆうじょう》でむすばれている。

●ロバの神父《しんぷ》

なぜか悪魔《あくま》の赤《あか》ワインの秘密《ひみつ》を知《し》っている……。

●ブル警部補《けいぶほ》

みどり警察署《けいさつしょ》の警部補《けいぶほ》。ヒョウの警部《けいぶ》の部下《ぶか》。

＊キツネのかぎやとヒョウの警部《けいぶ》は、悪魔《あくま》にのろわれる事件《じけん》にまきこまれた！

1 ヒョウの警部《けいぶ》からの電話《でんわ》

あのおそろしい事件《じけん》のはじまりは、ヒョウの警部《けいぶ》からの電話《でんわ》でした。

——やあ、わが友《とも》よ、元《げん》気《き》かい。かぎをあけてもらいたいものがあるんで、ちょっと署《しょ》まできてくれないか。

「わかりました。すぐ行《い》きます。」

キツネは、さっそくどうぐばこをじてん車《しゃ》につみこんで、みどり署《しょ》にむかいました。

「ごくろうさま。あけてもらいたいのは、これなんだがね。」

みどり署《しょ》につくと、警部《けいぶ》はキツネのまえに、古《ふる》ぼけたトランクをもってきました。

「わすれもの保管所《ほかんじょ》に、こいつが三年《さんねん》もほうってあるんだ。そろそろ処分《しょぶん》しようと思《おも》うんだが、いちおう、なにが入《はい》っているか、たしかめなくちゃね。それできみを呼《よ》んだのさ。」

警部《けいぶ》に言《い》われて、キツネは、どうぐばこから、二本《にほん》の鉄《てつ》の棒《ぼう》をとりだすと、トランクのかぎあなにさしこみました。

しばらくガチャガチャやっていると、カチッと、かぎがあく音《おと》がしました。

「さて、なにが入《はい》っているかな。」

ヒョウの警部《けいぶ》がトランクのふたをあけました。

中《なか》はからっぽでした。よく見《み》ると、すみになにか入《はい》っていました。十五《じゅうご》センチぐらいのほそ長《なが》いはこです。かぎがかかっていたので、キツネがまた鉄《てつ》の棒《ぼう》であけました。

「おっ。」

「これは！」

二人《ふたり》は、同時《どうじ》に声《こえ》をあげました。はこの中《なか》に入《はい》っていたのは、長《なが》さ十《じっ》センチあまりの大《おお》きなかぎでした。

よほど古《ふる》いものなのか、すっかりさびついています。

「なんのかぎだろう。」

首《くび》をひねりながら、警部《けいぶ》はかぎをつまみあげました。

そのとたん、「あっ。」とさけんで、かぎをとりおとしました。かぎが、いきなりピカリと光《ひか》ったのです。

光《ひか》ったのは、ほんの一《いっ》しゅんでしたが、見《み》ると、つくえの上《うえ》におちたかぎは、いつのまにかさびがすっかりとれて、ぴかぴかと黒光《くろびか》りしていました。

「どうしたんでしょう。」

ふしぎに思《おも》って、キツネはかぎに手《て》をのばしました。

すると、ヒョウの警部《けいぶ》がいきなりキツネをつきとばして、
さっとかぎをひろいあげてしまいました。

「これはおれのかぎだ。ぜったいだれにもわたさないぞ！」

「け、警部《けいぶ》……。」

「ごくろうだった。もう帰《かえ》ってよい。」

警部《けいぶ》は、じろりとキツネをにらみつけました。

（どうしちゃったんだろう、警部《けいぶ》は……。）

キツネは、首《くび》をひねりながら、店《みせ》にもどりました。

2 夜行列車《やこうれっしゃ》の客《きゃく》

その夜《よ》おそく、キツネのところに、ヒョウの警部《けいぶ》の部下《ぶか》のブル警部補《けいぶほ》から電話《でんわ》がかかってきました。

なんでも、警部《けいぶ》が、「おれは、あそこへ行《い》かなくちゃならない。」とつぶやきながら、夜行列車《やこうれっしゃ》にのりこんだ、なんだかようすがへんだから、ついていってくれないかと、言《い》うのです。

昼間《ひるま》の警部《けいぶ》のようすが気《き》になっていたキツネは、二《ふた》つ返《へん》事《じ》で承知《しょうち》すると、いそいでしたくをして、駅《えき》にかけつけました。

列車《れっしゃ》は、ちょうど発車《はっしゃ》するところでした。なんとかとびのったキツネは、さっそく警部《けいぶ》をさがしました。

警部《けいぶ》は、三号車《さんごうしゃ》の中《なか》ほどにすわって、例《れい》のかぎをいじっていました。

「警部《けいぶ》、どこへ行《い》くんです。」

キツネが声《こえ》をかけると、ヒョウの警部《けいぶ》はあわててかぎをはこにしまいました。

「どこへ行《い》こうと、おれのかってだろう。それより、きみはどこへ行《い》くんだ。」

「警部《けいぶ》と同《おな》じ所《ところ》ですよ。」

「ふん。ついてくるなら、ついてくるがいい。だが、あれはぜったいにわたさないからな。」

警部《けいぶ》は、ぎろりとキツネをにらみつけると、はこをうわぎの内《うち》ポケットにしまい、腕《うで》をくんで目《め》をとじました。

（いったい警部《けいぶ》は、どうしちゃったんだろう。）

いびきをかきはじめたヒョウの警部《けいぶ》を、キツネは心配《しんぱい》そうに見《み》つめました。いつもの、明《あか》るくさっぱりとしたようすがなくなり、なにかにとりつかれたみたいに、らんぼうでおこりっぽくなっているのです。

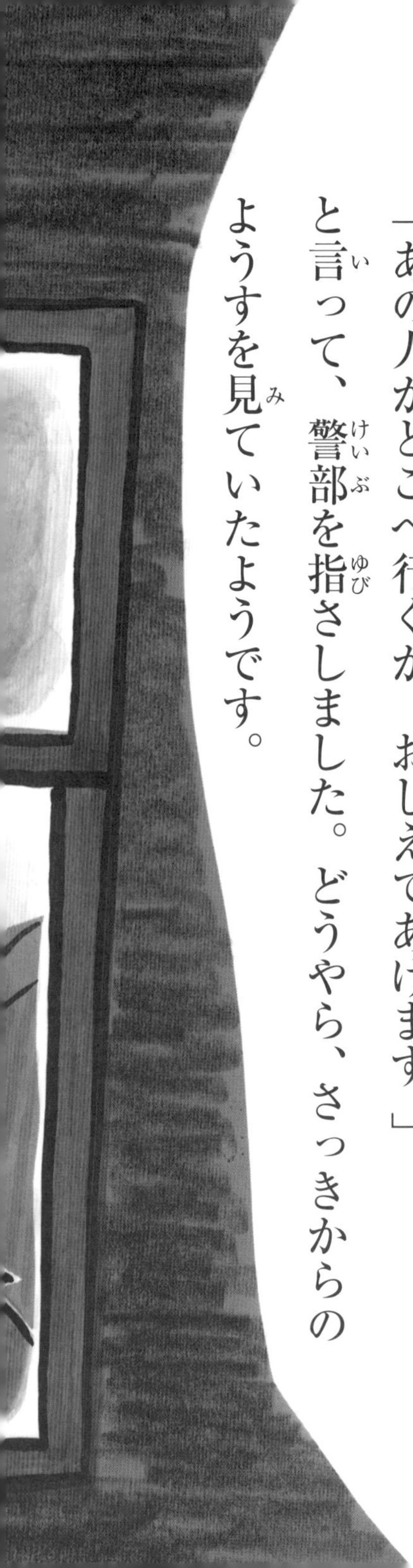

「もしもし、あなた、ちょっと。」

そのとき、つうろをへだてたむかいの席《せき》にすわっていたロバの神父《しんぷ》が、手《て》まねきしました。

「なんでしょう。」

キツネがそばに行《い》くと、神父《しんぷ》は、

「あの人《ひと》がどこへ行《い》くか、おしえてあげます。」

と言《い》って、警部《けいぶ》を指《ゆび》さしました。どうやら、さっきからのようすを見《み》ていたようです。

あの人《ひと》がもっていたかぎは、悪魔島《あくまとう》の悪魔教会《あくまきょうかい》にある戸《と》だなのかぎです。そして、その戸《と》だなには、**悪魔《あくま》の赤《あか》ワイン**と呼《よ》ばれている、一本《いっぽん》の赤《あか》ワインがしまわれているのです。

「悪魔《あくま》の赤《あか》ワイン……?」

そうです。そのワインをのむと、年《とし》をとらず、ぜったいに死《し》ぬことはありません。つまり永遠《えいえん》の命《いのち》をさずかるのです。けれど、そのかわり、悪魔《あくま》の手先《てさき》になって、ありとあらゆる悪《わる》いことをするようになります。ぜったいに死《し》なないのですから、なにもおそれるものはありません。悪《わる》いことのしほうだいで、のぞむものはなんでも手《て》に入《はい》ります。

ワインがしまわれている戸《と》だなのかぎにも、悪魔《あくま》ののろいがかけられています。かぎを手《て》にした人《ひと》は、そののろいによって、どうしても悪魔島《あくまとう》に行《い》かなければならないようになるのです……。

3 あかないはこ

夜行列車《やこうれっしゃ》は、やみの中《なか》をひた走《はし》りに走《はし》っています。

キツネは、ぐっすりと寝入《ねい》っているヒョウの警部《けいぶ》を見《み》つめながら、ロバの神父《しんぷ》から聞《き》いたことをかんがえていました。

神父《しんぷ》の話《はなし》によると、あのかぎは、なん百年《びゃくねん》もまえに、悪《あく》魔《ま》教会《きょうかい》からぬすまれたものだということでした。

それが、人《ひと》から人《ひと》の手《て》にわたっているうちに、なんのかぎかもわからなくなって、古《ふる》トランクにほうりこまれ、

だれかのわすれものとして、
みどり署《しょ》にとどけられた
というわけです。

とにかく、あのかぎをなんとかしなければ、ヒョウの警《けい》部《ぶ》がたいへんなことになります。

キツネは、あたりを見回《みまわ》しました。ロバの神父《しんぷ》は、話《はなし》をおえると、席《せき》を立《た》って行《い》ってしまい、三号車《さんごうしゃ》には、キツネたちのほかには五《ご》、六人《ろくにん》のじょう客《きゃく》がいるだけで、みんなねむっています。

キツネは、そろそろと手《て》をのばして、警部《けいぶ》のうわぎの内《うち》ポケットから、かぎの入《はい》ったはこをぬきだしました。

はこをあけ、かぎをすててしまえば、警部《けいぶ》は悪魔《あくま》ののろいから、のがれられるにちがいありません。

みどり署《しょ》で、いったんかぎをあけてあるし、さっき、警《けい》部《ぶ》がふたをしたときも、かぎをかけたようすはありませんでしたから、はこはかんたんにあくはずでした。

ところが、いくらあけようとしても、貝《かい》のようにふたがとじていて、あきません。

「おかしいなあ。」

キツネは首《くび》をひねると、いつもポケットに入《い》れてある鉄《てつ》の棒《ぼう》をとりだして、かぎあなにさしこみました。そのとたん、かぎあなの中《なか》で、ペキンと、へんな音《おと》がしました。かぎを引《ひ》きぬいてみると、棒《ぼう》の先《さき》がきれいにおれていました。

「へんだぞ。まだうごかしてもいないのに、おれるなんて……。」

キツネはまた首《くび》をかしげました。これまで、ずっとかぎやのしごとをしてきて、鉄《てつ》の棒《ぼう》がおれるなんて、はじめてのことでした。けれど、棒《ぼう》の先《さき》がおれてしまっては、使《つか》いものになりません。

「しかたがないや。はこごとすててしまおう。」

そう決心《けっしん》したキツネは、まどをあけると、かぎの入《はい》ったはこを夜《よる》のやみにむかって、思《おも》いっきりほうりなげました。

「やれやれ、これで安心《あんしん》だ。警部《けいぶ》には、目《め》がさめたらせつめいしよう。」

キツネは、ほっとしてまどをしめ、座席《ざせき》にすわりなおそうとしました。そのとたん、思《おも》わず「あれっ。」と声《こえ》をあげてしまいました。

ヒョウの警部《けいぶ》の内《うち》ポケットに、たった今《いま》まどからなげすてたはずのはこが、すっぽりとおさまっていたのです。

4 悪魔島《あくまとう》へ

よく朝《あさ》、列車《れっしゃ》は海《うみ》の見《み》える駅《えき》につきました。

ヒョウの警部《けいぶ》は、内《うち》ポケットにはこがあるのをたしかめると、キツネに声《こえ》もかけずに、列車《れっしゃ》をおりました。

キツネもあわてておりました。

鉄《てつ》の棒《ぼう》がおれたことも、列車《れっしゃ》のまどからほうりなげたはずのはこが、いつのまにか警部《けいぶ》のうわぎの内《うち》ポケットにもどっていたことも、みんな悪魔《あくま》の力《ちから》がはたらいているせいにちがいありません。

（こうなったら、悪魔島《あくまとう》までついていって、警部《けいぶ》が悪魔《あくま》の赤《あか》ワインをのむのをやめさせるほかはない。）

改札口《かいさつぐち》を出《で》て、海《うみ》にむかって歩《ある》いていく警部《けいぶ》のあとをおいながら、キツネは、あらためて決心《けっしん》しました。

しばらく行《い》くと、小《ちい》さな港《みなと》が見《み》えてきました。漁船《ぎょせん》が一《いっ》そう、もやってありました。

ヒョウの警部《けいぶ》は、足早《あしばや》に

漁船《ぎょせん》に近《ちか》づくと、警察《けいさつ》バッジを見《み》せて、船《ふね》にのりこみました。この船《ふね》で、悪魔島《あくまとう》にわたるつもりのようです。

船《ふね》がうごきだしました。

「まってください！　ぼくものせてって！」

キツネは、あわてて漁船《ぎょせん》にかけよりました。

すると、甲板《かんぱん》に立《た》っていたヒョウの警部《けいぶ》が、にやりとわらうと、ピストルをとりだしてかまえました。

「ざんねんだが、そこまでだ。一歩《いっぽ》でもそこをうごいたら、きみの頭《あたま》をうちぬく。」

「け、警部《けいぶ》……。」

キツネの足《あし》がとまりました。

「悪魔島《あくまとう》にわたりたいのなら、この船《ふね》がもどってきたら、たのむといい。もっとも、そのころには、わたしはワインをのんでしまっているがね。はっはっは。」

警部《けいぶ》のわらい声《ごえ》をのこして、船《ふね》は港《みなと》を出《で》ていきました。

「そ、そんなあ……。」

これでもう、ヒョウの警部《けいぶ》を悪魔《あくま》の手《て》からすくうことはできなくなりました。

「どうしたらいいんだろう。」

キツネは、がっくりと、その場《ば》にすわりこんでしまいました。

と、そのときです。

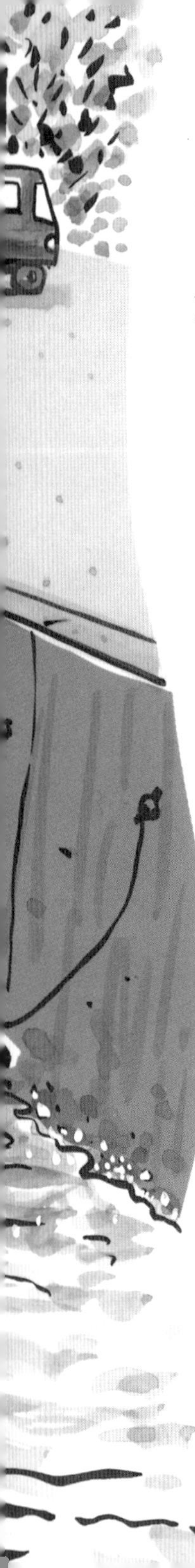

一《いっ》せきのモーターボートが、波《なみ》をけたてて港《みなと》に入《はい》ってきました。うんてんしているのは、あのロバの神父《しんぷ》です。

「悪魔島《あくまとう》へ行《い》くのです。早《はや》くのりなさい。」

神父《しんぷ》は、さんばしにボートをつけると、キツネをうながしました。

キツネがとびのると、モーターボートは、エンジンの音《おと》をひびかせて、警部《けいぶ》ののった漁船《ぎょせん》のあとをおいかけていきました。

5 おそろしい夜《よる》

悪魔島《あくまとう》は、海《うみ》の上《うえ》につきでた岩山《いわやま》といったかんじの島《しま》でした。

そのてっぺんあたりに、とんがったたてものが見《み》えます。

「あれが、悪魔教会《あくまきょうかい》です。」

ロバの神父《しんぷ》が言《い》いました。

ボートが島《しま》につくと、キッ

ネはすぐにとびおりて、岩山《いわやま》をのぼりはじめました。ヒョウの警部《けいぶ》は、もうとっくに島《しま》についているはずです。いそがないと、まにあいません。

ところが、半分《はんぶん》ほどのぼったところで、キツネとロバの神父《しんぷ》は、大《おお》きな岩《いわ》のかげにたおれているヒョウの警部《けいぶ》を発《はっ》見《けん》しました。キツネは、おどろいてかけよりました。

「警部《けいぶ》、どうしたんです！」

「岩《いわ》からすべって、足《あし》をくじいてしまった。」

警部《けいぶ》は、いたそうに顔《かお》をしかめました。

「たしか、すこし先《さき》に、むかしの小屋《こや》があるはずです。そこで手当《てあ》てしましょう。」

ロバの神父《しんぷ》が言《い》いました。二人《ふたり》は、両《りょう》がわから警部《けいぶ》をささえながら、そろそろと歩《ある》きだしました。

すこし行《い》くと、神父《しんぷ》の言《い》ったとおり、こわれかけた石《いし》づくりの小屋《こや》が見《み》えてきました。

キツネは、警部《けいぶ》を小屋《こや》にはこびこむと、くじいた足《あし》に、小屋《こや》で見《み》つけた木《き》のえだを当《あ》てて、これも小屋《こや》で見《み》つけたロープでしばりました。そのあいだ、よほどいたむのか、警部《けいぶ》は顔《かお》をゆがめて、うめきつづけました。

しばらくすると、空《そら》もようがあやしくなってきました。風《かぜ》がふきだし、雨《あめ》がぽつぽつふりだしました。

夜《よる》になると、雨《あめ》と風《かぜ》ははげしくなり、あらしになりました。

ふきつのる風《かぜ》と、たたきつけるような雨《あめ》の音《おと》にまじって、かなしげになきさけぶ声《こえ》が聞《き》こえてきました。

「な、なんだ、あれは……！」

キツネが、ぶるぶるっとからだをふるわせたときです。小屋《こや》のまどが、ガタガタッとゆれました。

キツネは、思《おも》わず腰《こし》をぬかしそうになりました。まどガラスに、青白《あおじろ》い顔《かお》がいくつもいくつもはりつくようにして、やせほそった手《て》で、まどわくをはげしくゆりうごかしているのです。

「あれは、みんな、悪魔《あくま》の赤《あか》ワインをもとめてこの島《しま》にやってきて、命《いのち》をおとした人《ひと》たちの亡霊《ぼうれい》です。『ワインの入《はい》っている戸《と》だなのかぎをよこせ』と、さわいでいるのです。」

ロバの神父《しんぷ》は、そう言《い》って、うわぎの内《うち》ポケットを両手《りょうて》でおさえるようにしながらねむっているヒョウの警部《けいぶ》に、ちらっと目《め》をやりました。

かなしげになきさけぶ声《こえ》や、まどをゆさぶる音《おと》は一晩中《ひとばんじゅう》つづきました。

キツネは、目《め》をつぶり、耳《みみ》をふさいでいましたが、なかなかねむることができませんでした。

6 悪魔教会《あくまきょうかい》

「おきてください、かぎやさん。」

ロバの神父《しんぷ》にゆりおこされて、キツネは目《め》をさましました。いつのまにかねむっていたようです。

「警部《けいぶ》が、さっき、外《そと》に出《で》ていきました。」

「たいへんだ、警部《けいぶ》が悪魔《あくま》の赤《あか》ワインをのんでしまう！なんとかしてとめなくっちゃ。」

キツネは、ぱっととびおきると、小屋《こや》の戸《と》をけやぶるよ

うにして、外《そと》にとびだしました。
神父《しんぷ》もあとにつづきます。

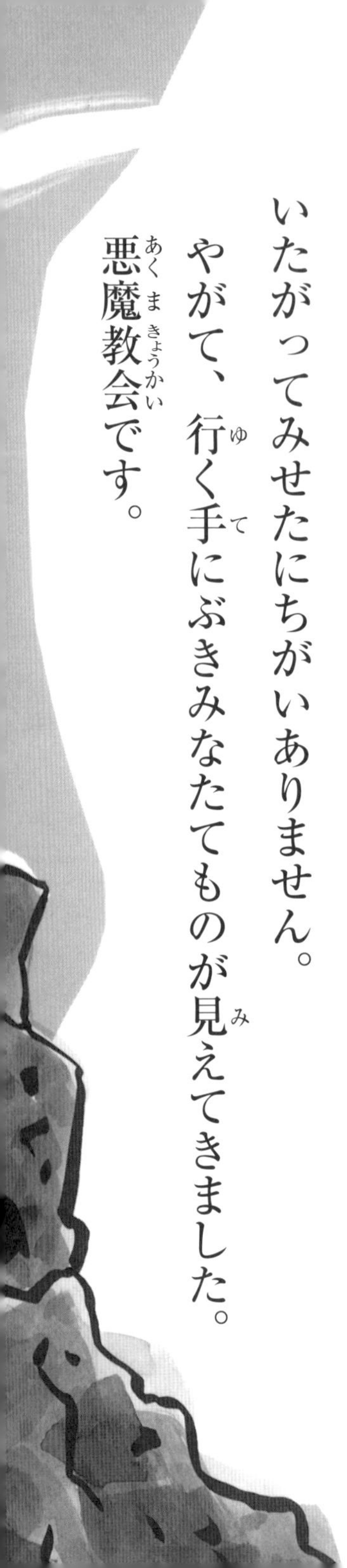

あらしはおさまっていました。そろそろ夜《よ》が明《あ》けるらしく、あたりはうす明《あか》るくなっています。

二十《にじゅう》メートルほど先《さき》に、かた足《あし》でぴょんぴょん岩《いわ》から岩《いわ》へとびはねていくヒョウの警部《けいぶ》のすがたが見《み》えました。

どうやら、警部《けいぶ》の足《あし》はそれほどいたくはなかったようです。

キツネと神父《しんぷ》をゆだんさせるために、わざとおおげさにいたがってみせたにちがいありません。

やがて、行《ゆ》く手《て》にぶきみなたてものが見《み》えてきました。

悪魔教会《あくまきょうかい》です。

キツネと神父《しんぷ》が教会《きょうかい》にとびこんだときには、警部《けいぶ》はすでに石《いし》の階段《かいだん》をかけあがっていました。

「ワインがおさめてある戸《と》だなは、いちばん上《うえ》の階《かい》です。いそいで！」

神父《しんぷ》がさけびました。

石《いし》の階段《かいだん》は、ところどころくずれていて、うっかりするとふみはずしそうでした。キツネはひやひやしながら、神《しん》父《ぷ》のあとについてのぼっていきました。

なんとかいちばん上《うえ》の階《かい》につきました。

ちょうど、ヒョウの警部《けいぶ》が、かべぎわの戸《と》だなにかぎをさしこんで、とびらをあけたところでした。

「おそかったな、しょくん。」

警部《けいぶ》は、ふりかえってにやりとわらいました。その手《て》には、ほこりだらけのワインのビンがにぎられていました。

「これは、わたしがいただく。永遠《えいえん》の命《いのち》はわたしのものだ。」

警部《けいぶ》は、ビンの栓《せん》に手《て》をかけました。

「やめてください。警部《けいぶ》！」

かけよろうとするキツネは、神父《しんぷ》にぐいと手《て》をつかまれて引《ひ》きもどされました。

DEVIL

「そのビンをよこせ。さもないと、こいつの命《いのち》はないぞ。」

神父《しんぷ》の声《こえ》ががらりとかわり、キツネの頭《あたま》にピストルがおしつけられました。

「し、神父《しんぷ》さん、な、なにをするんです！」

「ふっふっふっ。おれは神父《しんぷ》などではない。」

ぶきみなわらい声《ごえ》とともに、ロバの神父《しんぷ》の頭《あたま》がパカリと二《ふた》つにわれ、おそろしげな怪物《かいぶつ》の顔《かお》があらわれました。

UMENOKAGE

「おれは、むかし、そのワインを一口《ひとくち》だけのむことができた。永遠《えいえん》の命《いのち》を自分《じぶん》のものにするためには、もっとのまなくちゃならない。それで、もう一度《いちど》のむきかいをねらっているうちに、戸《と》だなのかぎがぬすまれ、行方《ゆくえ》がわからなくなってしまった。

それから三百年《さんびゃくねん》、おれは世界中《せかいじゅう》を回《まわ》って、かぎをさがし歩《ある》いた。そして、ようやくのことで、みどり署《しょ》のわすれもの保管所《ほかんじょ》に、あることがわかった。

それをとりにいこうとしたやさき、おせっかいな警部《けいぶ》が、

はこをあけ、かぎにさわってしまった。あのはこは、かぎのもちぬしになったものにしかあけられない

それでおれは、あとをおって、ここまでやってきた。まぬけなかぎやをつれてきたのは、こうして人質《ひとじち》にして、ワインのビンをわたすようにするためさ。」

怪物《かいぶつ》は、ピストルのつつ先《さき》をさらに強《つよ》くキツネの頭《あたま》におしつけました。

「さあ、ワインか、こいつの命《いのち》か。どっちかに決《き》めろ！」

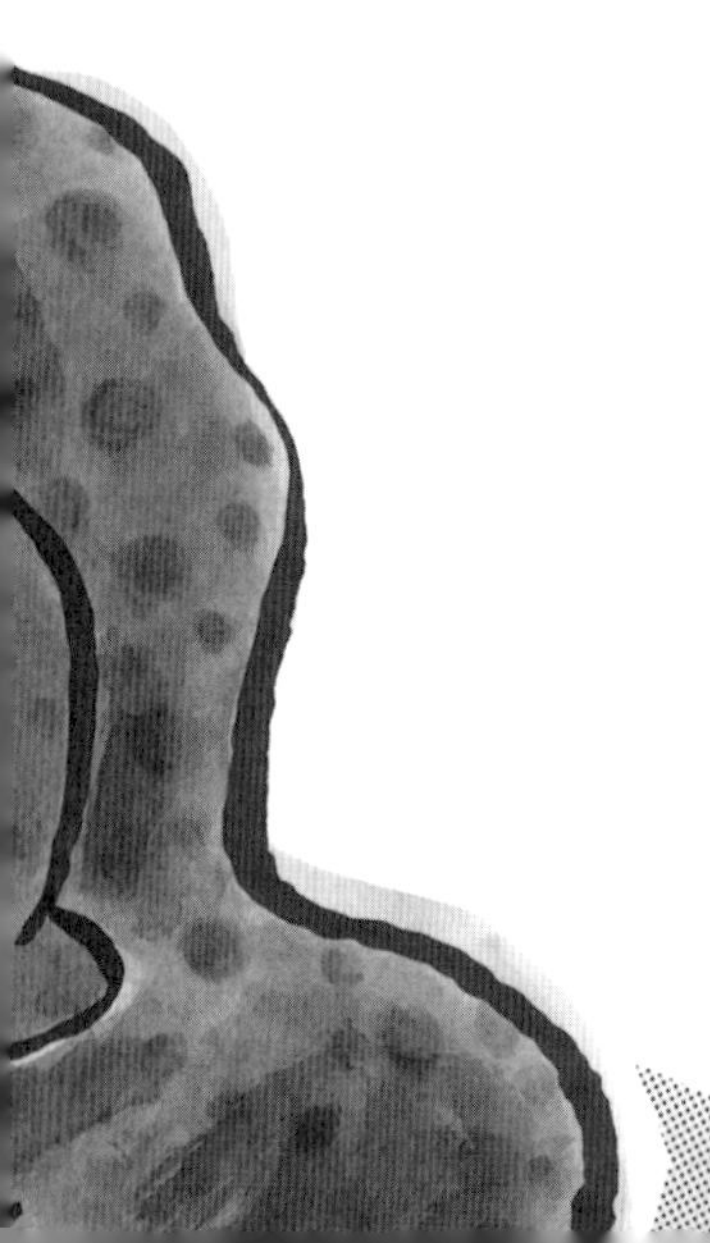

7 悪魔《あくま》の赤《あか》ワインをのんだのは？

ヒョウの警部《けいぶ》の顔《かお》が、はげしくゆがみました。
ワインのビンからキツネへ、キツネから
ワインのビンへと、かわる
がわる目《め》をうつします。
そして、

ついに決心《けっしん》がつきました。
ビンの口《くち》に手《て》がかかりました。

コルクの栓《せん》をゆるめはじめます。
ビンをかたむけながら、口元《くちもと》に近《ちか》づけます。

「け、警部《けいぶ》……！」

キツネの口《くち》から、ひめいのようなさけびがほとばしりました。

「悪魔《あくま》の手先《てさき》になってはいけません！」

ワインのビンが、ヒョウの警部《けいぶ》の口元《くちもと》でとまりました。

警部《けいぶ》は、夢《ゆめ》からさめたように、ぶるっと頭《あたま》をふりました。

つぎのしゅんかん、ワインのビンは警部《けいぶ》の手《て》をはなれて、天《てん》じょう近《ちか》くまいあがりました。

「ほうら、やるよ。うけとれ。」

「わっ、な、なんてことを！」

怪物《かいぶつ》は、キツネをつきとばして、ビンをうけようと、両手《りょうて》をのばしながら走《はし》りよりました。

それより早《はや》く、警部《けいぶ》のピストルが火《ひ》をふきました。

パン！

かわいた銃声《じゅうせい》とともに、ワインのビンが空中《くうちゅう》でこなごなにくだけ、中身《なかみ》が四方《しほう》にとびちりました。

「あわわわわわわ！」

怪物《かいぶつ》は、顔色《かおいろ》をかえて、とびちったワインをなんとか手《て》でうけようとしましたが、一《いっ》てきもうけることはできず、ワインはゆかにおちて、ジューッと白《しろ》いけむりをあげながら、じょうはつしてしまいました。

「く、くそう、よくもやってくれたな。」

怪物《かいぶつ》は、バリバリと歯《は》がみをして、ヒョウの警部《けいぶ》にとびかかろうとしましたが、どうしたことか、胸《むね》をかきむしりながら、バッタリとゆかにたおれてしまいました。

「あ、ああ、ああ、ああ、ワインのききめがきれる。おれはもうおしまいだ……。」

怪物《かいぶつ》のからだが、日《ひ》に当《あ》たった雪《ゆき》だるまのようにとけていき、とうとう茶色《ちゃいろ》いほねだけになってしまいました。

キツネと警部《けいぶ》は、ぼうぜんとして見《み》つめていましたが、やがて、警部《けいぶ》がわれにかえったように顔《かお》をあげました。

「心配《しんぱい》かけて、すまなかったなあ。わが友《とも》よ。」

「警部《けいぶ》。」

二人《ふたり》は、どちらからともなくかけより、しっかりと手《て》をにぎりあいました。

「永遠《えいえん》の命《いのち》より、友情《ゆうじょう》のほうがだいじだって、わかったよ。」

「警部《けいぶ》が犯人《はんにん》をつかまえ、ぼくがかぎをあける。これからもそうやって、なかよくやっていきましょう。」

肩《かた》をくんだ二人《ふたり》に、今日《きょう》さいしょの太陽《たいよう》の光《ひかり》が、まどからさしこんできました。（完《かん》）

KITSUNE·NO·KAGIYA

★知《し》ってるとトクする情報《じょうほう》がいっぱい！

最終号《さいしゅうごう》

キツネのかぎや新聞《しんぶん》

2006年
11月発行
●発行所●
キツネのかぎや

ワイン大特集《だいとくしゅう》

ワイン・wineは、英語《えいご》です。日本語《にほんご》ではブドウ酒《しゅ》と言《い》います。ブドウの果汁《かじゅう》を発酵《はっこう》させて作《つく》ったお酒《さけ》です。

ワインは約六千年《やくろくせんねん》まえ、メソポタミア文明《ぶんめい》のシュメール人《じん》によって作《つく》られたと言《い》われ、その後《ご》ヨーロッパぜんたいにつたわりました。

【ワインの色《いろ》】

赤《あか》ワイン＝黒《くろ》ブドウをつかい、果汁《かじゅう》とともに、皮《かわ》やタネを入《い》れたまま作《つく》ります。

白《しろ》ワイン＝白《しろ》ブドウを使《つか》い、果汁《かじゅう》のみで作《つく》ります。

ロゼワイン＝赤《あか》ワインを作《つく》るとちゅうで、色《いろ》がバラ色《いろ》になったら皮《かわ》やタネをとりのぞ

【外国《がいこく》の悪魔《あくま》のことわざ】

「悪魔《あくま》の話《はなし》をすれば、悪魔《あくま》があらわれる。」

イギリスのことわざで、日本《にっぽん》では、「うわさをすればかげがさす」と言《い》います。うわさ話《ばなし》には気《き》をつけよう。

【悪魔《あくま》のいろいろ】

ルシフェル＝地獄《じごく》の魔王《まおう》。つばさはコウモリのようで、足《あし》はひづめ、かみはヘビのすがたをしている。

サタン＝地獄《じごく》のかんし役《えき》。悪魔《あくま》のぐんたいを指揮《しき》する。

トード

ストラス

【ビンの形《かたち》いろいろ】

コルクの栓《せん》はぬれていると空気《くうき》をとおさず、くさりにくいので使《つか》われます。
コルク栓《せん》がかわくと、すきまから空気《くうき》が入《はい》るので、ワインはかならずよこに寝《ね》かせてほぞんします。

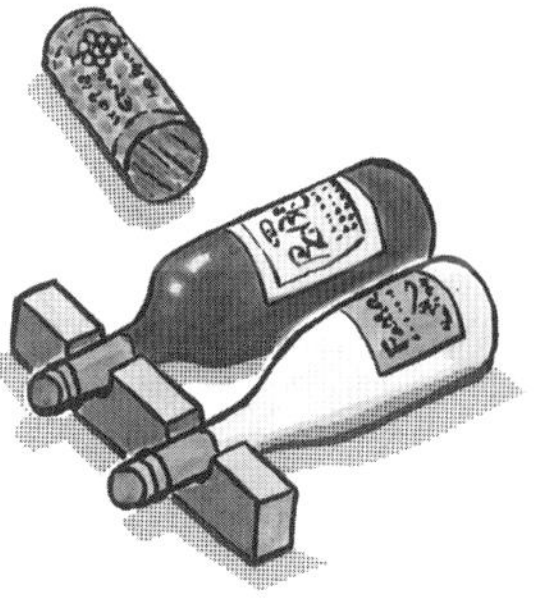

かぎのことなら、キツネのかぎやへ！どこでも行《い》きます、すぐ行《い》きます。出《で》かけるときには、わすれずにかぎをしっかりかけましょう。

にがお絵《え》コーナー

「たくさんありがとう。みんなうまいね。」

和田澪香（東京都）

棚網玲雄（千葉県）

小林真之（群馬県）

佐藤ゆかほ（北海道）

中澤智英（高知県）

堀　真菜（鳥取県）

中川純実（福岡県）

永森萌美（高知県）

坂本空海（神奈川県）

●キツネのかぎやは、いつもあなたの安全《あんぜん》の味方《みかた》です。

著者紹介《ちょしゃしょうかい》

作者●三田村信行（みたむら　のぶゆき）

1939年東京に生まれる。早稲田大学卒業。

作品に、『ぼくが恐竜だったころ』『風の城』（ほるぷ出版）「キャベたまたんていシリーズ」（金の星社）「ウルフ探偵シリーズ」（偕成社）「ふしぎな教室シリーズ」（フレーベル館）「ネコカブリ小学校シリーズ」（PHP研究所）「三国志」（全5巻・ポプラ社）『おとうふ百ちょうあぶらげ百まい』「へんてこ宝さがしシリーズ」（ともにあかね書房）など、多数がある。東京都在住。

＊＊＊

画家●夏目尚吾（なつめ　しょうご）

1949年愛知県に生まれる。日本児童出版美術家連盟会員。現代童画会新人賞受賞。

絵本に『ライオンさんのカレー』（ひさかたチャイルド）『コロにとどけみんなのこえ』（教育画劇）『めんどりとこむぎつぶ』（フレーベル館）。さし絵に『より道はふしぎのはじまり』（文研出版）『ぼくらの縁むすび大作戦』（岩崎書店）『ふるさとはヤギの島に』『悪ガキコンビ初恋大作戦』（ともにあかね書房）など、多数がある。東京都在住。

キツネのかぎや・10　『悪魔の赤ワイン』　ISBN978-4-251-03890-6

発　行●2006年11月初版　2022年5月第四刷　NDC913／77ページ／22cm
作　者●三田村信行　画　家●夏目尚吾
発行人●岡本光晴
発行所●株式会社あかね書房　〒101-0065 東京都千代田区西神田 3-2-1 電話（03）3263-0641（代）
印刷所●錦明印刷株式会社　製本所●株式会社ブックアート